龍・龍・龍 玉・祥・瑞

林煥彰
詩畫集

推薦序

龍在心中，也在最虔敬的祝福裡
──為林煥彰生肖詩畫集
《玉龍・祥龍・瑞龍》而寫

蕭蕭

（詩人，我們是龍族……）

　　華人世界，包括東南亞各國，甚至於不是華人、但受中國文化影響的日本、韓國，都有類近的十二生肖用來「紀年」的傳說，眾多的兒童故事、寓言、神話就在這種傳述中代代隨俗延異，年年隨著創意翻古出新，滿足兒童對神祕事物的好奇。譬如，十二生肖的順序，由鼠起頭，牛續其後，虎兔善於騰躍，落在三、四名，龍無翅而飛天，蛇無足而行地，依然勝過後來的四隻腳的馬和羊，其後又為什麼是能攀的猴、能飛的雞、能跳的狗、能吃的豬這樣的順序呢？或者，學理上從動物的屬性去探討人性，人不鑽不營，如何在社會立足，所以選擇以鼠為首，但鼠的鑽營要有牛的踏實去補足，牛的笨拙要有虎的猛爆才能勁揚，虎的兇險要有兔的溫柔來消解……後來的後來，不要忘記豬的寬容，使世界平和。不是嗎？

　　是嗎？是這樣嗎？

　　每天寫詩，為自己、為兒童、也為還沒長大的大朋友寫詩的林煥彰，深知十二生肖的動物連環故事中，有童心，有童趣，有太多的可塑性，有太多的觸鬚、太多的可能，有太多的幽境可以尋、險

境可以探，所以，從猴年開始（為什麼從猴年開始？）逐年出版生肖詩畫集，猴年取名《千猴‧沒大‧沒小》，雞年取名《先雞‧漫啼‧大吉》，狗年取名《犬犬‧謙謙‧有禮》，豬年取名《圓圓‧諸事‧如意》……單單書名就有許多畫面和諧趣，應該他自己高興、小朋友高興、還沒長大的大朋友也高興！

第一本生肖詩畫集《千猴‧沒大‧沒小》出版的2016年，我還在明道大學教書，邀請他的千猴到學校圖書館展出，邀請他到幼兒園跟小朋友互動、畫迷你猴，邀請他到二水鄉「台灣獼猴保護區」去看沒大沒小、活蹦亂跳的千猴。結果，明道大學2024年就要結束他的階段性使命，林煥彰繼續出版他的第九本生肖詩畫集《玉龍‧祥龍‧瑞龍》，第十本、十一本、十二本……

這就是詩人林煥彰，詩壇少見的生命意志、生命毅力的展現！

而且，生肖紀年是循環的，首尾相連的，一齒年一齒年在接續的……眾多生命在期待的。

年年發行有詩有畫的生肖詩畫集，是毅力的展現！

日日寫詩，更是毅力的展現！

基隆山（雞籠山），黃昏爬，清晨爬，爬上101次還在爬，每次爬每次有新發現，林煥彰的詩、畫，就是這樣，永遠新鮮，永遠有童眼，永遠有新發現，永遠有新品種、新展現！

佛在哪裡？佛教徒認為「佛在每個人的心中」。龍在哪裡？中國人也一樣認為「龍在每個人的心中」，一樣虔敬地祝福家人、朋友「成鳳成龍」！

藉著新鮮有毅力的林煥彰的畫筆、詩篇，我們虔敬地祝福家人、朋友「成鳳成龍」！

2023‧重陽日

推薦序
我對林煥彰的詩創作印象

蘇紹連

（詩人，我們是龍族……）

　　詩人林煥彰是我在龍族詩社裡的大詩兄，他與我書信往來，常在信紙繪上令人喜愛的圖畫。經過這麼多年，年紀更老了，似乎詩壇除了前輩詩人向明有詩有超越文本的拼裝物件之外，他是第二位詩創作不斷且有大量繪畫的老詩人，年年出版他的詩畫集。他的畫、他的詩、他的人，三者一致，集合了純真、活潑、自由三種性質，展現其旺盛的生命力和創作力。我看見他這麼強，雖然龍族詩社早就不存在，但一直覺得他就是詩社的龍頭老大，更是詩畫雙界共構的一個創作典範。

一、展現詩意的方式

　　我追蹤林煥彰展現詩意的方式，首先，我認為詩是他的一個人生態度，其人生觀、價值觀和情感狀態都可以在詩中反映出來。他，把生活直接置入他的詩中，凡是生活的事事物物都成為他詩中的字字句句，生活怎麼樣，詩就寫怎麼樣，他將詩與生活結合，用詩描述他生活中的一切，所以他展現的詩意，是由每日的生活和心境構築而成。在這一本詩集裡，我們可以看見他現今的生活，以及他如何應對人生的態度。

其次，林煥彰展現的詩意是由思考構築，思考，則進入思辨哲學的探究。他把人生的見聞做不斷的正反思索，有時圓，有時方，雖然求的是知性，但過程卻是感性，最後得到的，是詩意的哲理，或反過來說，是哲理的詩意。

他在〈人生，正反思索〉這首詩中，形容思索是斜斜的，而非直直的，直則端端正正，中規中矩，不易有異想，斜則偏離歧出，往往有出人意外的新意，詩的思考不就是如此嗎？詩最後兩行「我畫了幾根細線／又偷偷擦掉……」是神來之筆，以畫細線這種表象行為來象徵思考，也許怕思考留下痕跡，所以暗中擦掉。他這麼寫，太斜了，令人感受到詩意無窮。

林煥彰的詩，其本質就是思考的辯證，思考什麼？人、生命、生活、時間、自然、萬物等等都是他思考的內容，再從這些內容中提煉出親情、友情、正義、愛、和平，成為他詩作主題的選擇。他是一位豁達樂觀的人，知道捨棄和謙虛是處世之道，所以在主題的發揮上，都能使詩作充滿了平和感。

我喜愛〈睡前，入睡之後〉這首詩，很現實的想法是睡前熄燈，可以得到的利益是一整夜「我都不用再繳電費」，然後，出現的是幻象：「眼前，就有千萬盞燈為我點亮／人間，璀璨的夜晚」，或者千萬盞燈指的是星空，替代房間裡的燈，像「千萬顆溫熱的心／慈愛的心／夜夜為我點著，點亮我」，從現實的物質利益轉換成想像的慰藉，讓我想起「賣火柴的小女孩」童話故事，這即是林煥彰的詩意展現，令人深受感動。

他常在詩中採用問句，問其詩中的對話者，問天問地，或問自己，用的是直接的口吻，不拐彎抹角，宛如率真的幼童去提出種

種的疑問。例如：「龍，在天／祂，沒有翅膀怎麼能飛？」「人，可以打人嗎／國，可以打國嗎」「春天，我在看妳／妳會回頭看看我嗎」「霧和夢，有什麼關係？」「我怎麼認不得我的小時候？」「可一想到蚊子和我／牠怎麼能稱為人？」「螞蟻和螞蟻對話，牠們的語言／都是同一種嗎？／有沒有國語，／閩南話，還是台語？」「每走一步，一步就到天堂？」詩中的問句，凸顯了詩人想要探究問題的關鍵點，以利思考的進行方向，林煥彰並不在詩中給予問題的答案，而是把問題丟給讀者，讓讀者自己去思索。

對話和自語，是林煥彰展現詩意常用的技巧。因為對話，運用不同的聲音和相對的情感，引導出不同的觀點，使詩作更具深度和多樣性。對話是有對象的，雖然詩中有「你」和「我」，但和誰對話，有時無法從詩中得知，單向的對話即詩人單獨一人的話語，雙向的對話即詩中安排兩人的話語，有來有往相呼應。林煥彰詩中的「你」是誰，大多是單向且無法得知的，而卷七感恩懷念的悼念詩，則是明確有對話的對象，如對麥穗、白萩、洛夫、吳岸、羅行、喬林、林亨泰、涂靜怡等詩人用「你」或「您」向對象告白，情感直接抒發，這卷詩扣人心弦無比。

自語亦稱獨語，是詩人在詩作中，自己運用內心對話的技巧，自己說給自己聽，無需外部人物參與。當自語成為詩創作方式，往往運用了更多詩人的內在語言，以及詩人自我更多的反思。如此，我們看見了林煥彰的人格特質、生活經歷及文化背景，形成了他獨特的語言風格，他的〈一粒沙，有的沒有的〉詩作，寫一粒沙跑進眼睛裡，然後自言自語，猜想那一粒沙想看我身上的一切，它似乎變成了觀察的眼睛，應該看我看得最清楚，我也很坦然，從不遮

攔，就任由它看，我可以告訴它我的一生及寫詩身份，是單純而普普通通的人，最後，也可以把內心的憂慮：「有人，想把台灣送上戰場」掏出來給那一粒沙知道。我覺得這一首詩頗有政治意味，寫現今台灣到處都有監視器，那一粒沙就隱喻了針孔攝影機，置入人體的眼睛裡，偽裝得好，從觀看「我」變成偵察「我」，而「我」不懼，坦白說出自己的心聲：是別人想要戰爭。對一粒沙，林煥彰的內心自語，有許多值得深入思索的意義，詩中寫一粒沙看一個人，或許是「一粒沙看世界」的反思吧。

二、現實和夢之間

林煥彰的詩作，當然是反映現實之作，但他也常寫夢，有夢的系列作品，夢是否能和現實結合？或是和現實對抗？就文學的角度來說，寫夢，其實是在避開現實的殘酷和侷限，現實中不敢做的事，由夢來實現，夢可以比現實更曲折，可以隱喻現實，化不可能為可能，詩人藉著寫夢馳騁他的想像，脫離現實，甚至是對抗現實。夢和現實是兩個不同的狀態或層面，有些夢來自於現實的挪用，有些夢則完全是超乎現實的幻想。

林煥彰的〈夢，要有翅膀〉詩，說他的夢中有夢，夢裡有隻大鵬鳥，牠有夢想，然後說：「牠的夢想／也是我的」，亦即替林煥彰說出了夢想，而這夢想直指對現實的希望，希望世界和平，希望告別世紀大災難，希望讓所有疫情從此絕跡，希望永遠沒有戰爭。夢，其實很脆弱，一醒來回到現實便消失，所以林煥彰呼籲說：「夢，要有翅膀／翅膀，要夠堅硬」翅膀帶著想像和希望，唯有堅硬，夢才不會被現實摧毀。

　　林煥彰寫詩採用一種思維遊走的方式，在夢境和記憶之間遊走，再踏入現實之中遊走，然後返回自己的心中遊走，遊走過程中的所遇所感，牽繫著夢境、記憶和現實三者之間的共伴效應，相互引發詩興，這即成為他詩創作的特色。所以他可以不斷的遊走，不斷的寫詩，不斷的過著詩創作的生活，雖然日常生活常是一再重複，大多遊走相同的路，但仍像詩一樣，保有不時會出現不同的生機。

　　在〈安靜。雨下無聲〉這首詩裡，林煥彰詩語言的音樂節奏發揮至極，以語詞、語句的複沓和倒置，加上標點符號，讓節奏如雨滴，形成綿延不斷的旋律，「安靜。安靜。」兩詞相同，後一個是前一個的回聲，「雨下。下雨。」兩詞不同，後一個是前一個的折返，「雨在山城的夜裡和夢裡」、「雨下在內九份溪的夜裡和夢裡」，這兩句的「夜裡」下的雨是在現實，「夢裡」下的雨是在夢境，現實與夢境同時遊走於詩中，最後下在昨晚夜裡和夢裡而「抵達前世今生」的雨，則是記憶。

　　他的詩給我的感覺，題材似乎都是順手捻來的生活感觸，用自自然然的語言呈現詩意，沒有刻意要做到什麼雕琢，但我覺得他寫詩功夫老到，每一首詩都有他想要表現的特點，也一定有計畫在進行他的系列創作，他更有不變的寫詩信念，即「詩寫人生」和「詩寫心境」，這是他構成詩創作土壤的兩大要項。詩寫人生，就是要面對人生的現實，而非逃避，要專注於現實環境中的事件，以及自己和環境的相處經驗，將觀察到的大大小小現象反映在詩中，視詩為一種詩人的生命，處在這個時代這個社會的生活體驗記錄。

　　〈蝴蝶誤入台北捷運站〉是一首小事件的體驗記錄詩，詩的

意義起源在於「誤入」兩字，因而有所謂自然環境和城市生活之間的荒謬挪移。原本蝴蝶的生活屬於大自然，牠誤入捷運站，到月臺再到車廂裡，該怎麼生存？這是攸關生命存活的問題。可是在蝴蝶的視野裡，捷運站的月臺和車廂都變美了，所見是紅男綠女，百花盛開，宛如春天的花園，蝴蝶竟能帶來像夢又像魔術似的景象，並沒有矛盾和失衡，讓城市變得和大自然一樣的美好。這首詩主題可以是：「蝴蝶所及，萬物皆美。」林煥彰表現了這一重要的內容，我覺得這是另一種夢境式的「蝴蝶效應」，在一個動態系統中，凡所及之處，皆產生了變化。當然，這首詩離不開現實人生，人哪能像蝴蝶那麼愜意，所以在最後一段，寫了「飛來飛去，到處碰壁……」或許這是寫大多數人民在現實中的真正心境吧！

其實心境最易轉由夢境替現。面對人生，林煥彰給我的印象是活在當下努力寫詩，但其心境又如何呢？他在寫人生時，也寫了他的心境，心境是詩人的內心世界，由情感和思維所建構，可以深入詩意的內層，把感覺或情緒敘述出來，並以隱喻或象徵涉及具體的外在事件。心境，是否會受外在世界的影響而有所改變？當然會，心境的寬窄、陰晴、動靜、起落，可能是詩人與外在世界的相對映照，但也有詩人的心境不受外在世界影響，依然保持他心境的如常，這是因為詩人的思維有意識的決定他的心境，是和外在世界對抗，不是去反映。有時，林煥彰的心境會化作夢境，往往就是為了對抗現實，呈現與現實不同的世界。

〈螞蟻和螞蟻對話〉這首詩指摘語言問題，頗令人深思和檢討，在現實中到底要使用多少不同的語言，才方便？人民能夠精通每一種語言嗎？那是不可能的，台灣社會開放，國際交流，人們無

種族界線，故而在每個地區都存在著許多不同的語言，林煥彰才有此生活上遭遇的困擾及疑惑：「牠們的語言／都是同一種嗎？」「牠們也要說那些話／我聽了都要搖頭，怎麼辦」那可以排斥聽不懂的語言嗎？林煥彰說：「看到牠們點點頭，又比手畫腳／很有趣，我也很想向牠們學習……」對的，這是面對不同語言的尊重和學習態度，不必盡然和現實對抗。

三、詩作饗宴

林煥彰一直在他的生活中尋找詩。怎麼尋找到詩，一切取決於詩人他自己的態度和對詩的認知。沒有所謂完美的詩，也沒有所謂完美的人生，每個詩人都是如此，但林煥彰人生中的詩意卻從不斷炊，詩也就一道一道的端出來，讓我們有讀不完的詩作饗宴。

他喜歡和哲學交往，在哲學裡找到詩，他說：「雲，是哲學／霧，是哲學／雨，也是哲學／我用心思索／我的生活，也是一種哲學」，在說詩人與哲學家時，「詩與哲學，兩扇木門都各開一半一半」，坐上古代的馬車後，「一起上路／生一半，死一半／詩一半，哲學一半」這種半半分法，視詩與哲學平等地位，終於相伴在一起上路，但不免一去不返，而留下了「嘆息的／噠噠的馬蹄聲」。

他最常在哪裡找到詩？啟迪他的詩興，從地點來看，無疑是詩中提到的九份山城、內九份溪、捷運板南線、基隆山等等他平日出入的生活環境，在這環境中見到的天空、太陽、海、石頭、葉子、小草，以及霧、雨、雲的變化；從時間上來看，最能引發他詩興的，是在夜裡和清晨，季節上則屬春天，而一些生肖動物或是蚊

子、螞蟻等等小昆蟲，也都能有滿滿的詩趣，像〈兩個愛喝酒的〉這首詩幾乎是神作，究竟愛喝酒的詩人和愛喝酒的蚊子，到底誰才是酒鬼呢？林煥彰的辨識過程，寫得非常逗趣。從他寫的人物來看，除了卷七感恩懷念已逝的詩人外，提到最多的是西洋哲學家：柏拉圖、蘇格拉底等人，這些哲學家影響他一再思考人生問題，進而在詩中有了一些辯證式的反思，敢懷疑、敢否定、他也能坦誠的寫出想法，例如：生死問題、戰爭問題、寫詩問題等等。

　　林煥彰的詩，其本質就是思考。他給我們豐富的詩作饗宴，端上桌的，就是一道道思考。

CONTENTS

卷七　感恩懷念

卷首詩

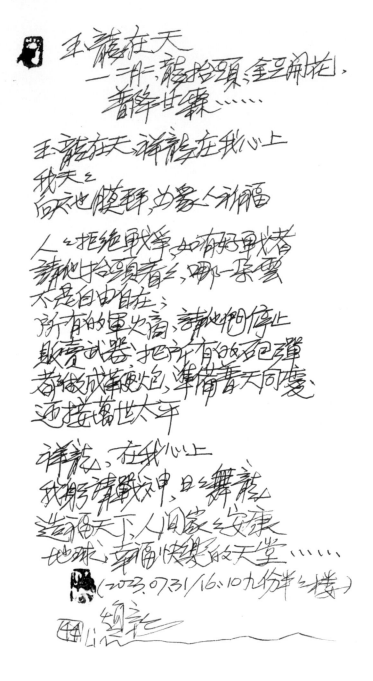

卷一

人生，正反思索

正方反方／斜斜思考／圓的方的／苦苦思索

人生，正反思索

正方反方

斜斜思考

圓的方的

苦苦思索

雨天晴天

該哭該笑

何時放晴

斜斜思索

苦苦思考

我畫了幾根細線

又偷偷擦掉⋯⋯

（2023.01.03／13:45整理南港老屋，拆除前夕⋯⋯）

夜，總是美好的

——美不美，沒什麼大道理……

夜，總是美好的

星星說

我喜歡夜晚，夜裡

我就會發光發亮

我的不美，都是美

我的不美，人家都看不到

看不到的，都是美

我就是美的

美美的好，遠在天上

美在天上

請你抬頭，仰望

天上人間，有這麼大的差別

我喜歡夜晚，夜晚

我就會出現……

（2023.01.04／09:57九份半半樓）

早安，我的早餐

一天三餐，還是一天三餐；

不能缺少

我要照顧好自己

我要吃得飽飽⋯⋯

其實，我沒得吃也沒關係

我的早餐，一首詩

我的午餐，一首詩

我的晚餐，還是一首詩

有時，我早午餐一起吃

其實，我的早餐

常常是昨夜

夢的碎片；破破碎碎，

昨晚沒有完成的夢⋯⋯

（2023.01.05／07:24研究苑）

夢，要有翅膀

夢，要有翅膀
翅膀，要夠堅硬

我的夢中夢，有隻大鵬鳥
牠說，我有一對堅硬的翅膀
我有遠大夢想，我要環遊宇宙
我要邀請，我夢中的小主人
環遊宇宙的每一顆星球

我們的第一站，是獅子座
我的小主人，牠是一隻小兔子
牠也有牠偉大的夢想
其實，牠的夢想
也是我的；我們的夢想都很單純，
不為自己
牠，告訴我
牠希望，世界和平
牠希望，人人健康平安
大家都需要，告別這場
世紀大災難，讓所有疫情
從此絕跡，從此絕種

在世界上的每個角落，煙消雲散
永遠沒有戰爭；

在新的一年，大家都
和和樂樂，平平安安……

（2023.01.06／08:41研究苑）

安靜。雨下無聲

安靜。安靜。雨下。下雨。安靜。安靜。無聲

雨下。下雨。無聲

安靜。安靜。下雨。雨下在每一秒的時間裡⋯⋯

安靜。安靜。無聲。無聲

雨下。下雨。安靜。安靜。無聲

雨在夜裡，雨在夢裡，雨在山城的夜裡和夢裡

很深很深的夢裡⋯⋯

雨下。下雨。安靜。安靜。無聲

雨下在內九份溪的夜裡和夢裡，

流向東北角的太平洋裡；

安靜。安靜。無聲。無聲⋯⋯

雨下。下雨。下在每一秒的時間裡，

安靜。安靜。無聲。無聲

下在昨晚夜裡最深的夢裡，抵達前世今生⋯⋯

（2023.01.16／13:05九份半半樓）

白的，純白的午後

我沒有下午茶，下午還是

一杯開水；白是最好的

純白的白，純白的巧克力

有時，朋友給的

偶而甜一下下，是感恩

午後，純白心情純白下午

我還是一杯白開水

有時有咖啡，美式的；

美不美，自己知道

苦不苦，自己也知道；最好還是

熱的，燙的

是我的習慣，沒人要求

我，順我自己

我，愛我自己

純白的午後，純白的心情……

（2023.01.16／18:00九份半半樓）

時間，我已用完

我的時間，我已在夢裡用完

現在，我需要借貸時間
我可付出，時間的高利貸
一天只睡一分一秒，
其他的時間，可連本帶利
一起奉還；還可附加我貸來的，
寫詩的時間
一分一秒，都奉還

如果還不夠，我可再追加
每個字，每個標點符號
通通可以包括在內；
請問啊，時間的銀行
哪家願意給我方便，我沒有任何擔保
可我願意，如果可以
我會拿生命作抵押，全部放下……

（2023.01.19／13:13區間車剛到八堵站，
我要去瑞芳，再上九份……）

霧和夢，有何關係

我，沒有睡著
眼睜睜看著
霧和夢，有什麼關係？
我一直在尋找，它們的關係……

我看到的，山和水
我看到的，天和海
它們一直都在霧中夢裡

沒有睡著，我看到的霧和夢
都沒什麼兩樣
它們，迷迷濛濛
不敢確認
我是在霧裡，還是夢中

有很長一段時間，我都認為
我是在霧裡，也在夢中
沒有醒來；是霧，是夢，都好
我希望，我一直都在
霧中也在夢裡……

（2023.01.20／14:01九份半半樓）

苦不苦，我知道

咖啡，苦不苦
我知道
茶，苦不苦
我知道
人生，苦不苦
我也知道……

我，天天都活著
我在吃苦
苦我的人生；
苦中有甜，也不太甜
我，天天都在
過我的人生，
詩為我，解苦解憂

苦，我喜歡濃縮
還要，熱的燙的
我知道，我的人生
父母給的
天，給的
再苦，我也要

感恩，以詩輸血；

我有我的，純度

我有我的，純淨

我不怕燙，我會自我療傷；

詩，是我的秘方

詩是，我的良藥……

（2023.01.21／09:40九份半半樓）

從零開始

醒來，癸卯年
從零開始
零時零秒零分，零零零
零有無限的多……

我是兔子，我要接班
我，送走老虎
癸卯年，屬於我的
我寫詩，我認真寫
詩為我填滿
每一天每一秒每一分
分分秒秒，我都珍惜
我不嫌少；從零時零秒
零分開始，我已經寫了九十九個字
九九，久久，九九
自然就能組成一首，兩首

詩，詩，詩不詩都好
它是我寫的
是我的，就好
我是兔子，我肯定自己

好不好，我告訴我自己

屬於我的，就好……

（2023.01.22／00:00發想／次日08:32

在青埔小女兒家華家完成）

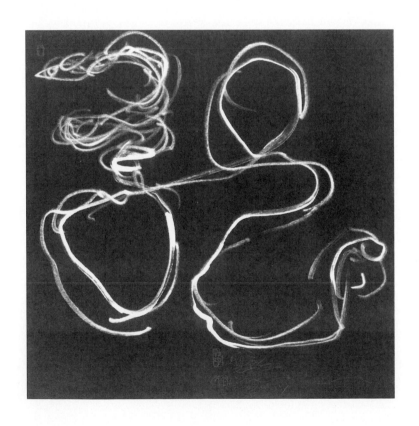

蝴蝶誤入台北捷運站

蝴蝶，屬於大自然

有翅膀，不需要搭捷運；

可牠撞入了台北捷運站，

以為自己找到了

新世紀的世外桃源

在月臺上，男男女女

花花綠綠

和大自然，沒什麼兩樣

車廂裡，也是

康乃馨鬱金香百合花，

玫瑰薰衣草和杜鵑花

和移動的百花百草，樣樣都美

和春天的花園，一樣樣

牠是一隻黑蝴蝶，

我不知道該叫牠什麼，牠

飛來飛去，到處碰壁⋯⋯

　　　（2023.01.23／21:41記上午10:40捷運剛抵頂溪站發想）

詩非詩，詩不是詩

詩非詩，詩不是詩
詩，不會只是那幾首
詩人非人，詩人也是人
詩人不會只是那幾個

人，比蟲蟲多
人，比細菌多
人，要怎樣做一個
堂堂正正的人

這地球這世界這宇宙，有無限大
我算什麼
詩算什麼
人算什麼
我常常想，我常常思索

我在與不在
地球，還會在
世界，還會在
宇宙，還是在
要是我在

天上，就永不墜下來⋯⋯

　　（2023.01.25／09:12發想，九份半半樓／10:54定稿）

鏡外的我

它，只是一片玻璃
照鏡子的時候，我看到我自己
這會是我嗎
我怎麼認不得我的小時候？

我的小時候，會是這樣的嗎
我沒有舉起手，
鏡中的我，怎會有舉起雙手
高高的看著我，瞪著我
是有什麼事嗎？
怎麼會是，呆呆站著
不高興的站著，
被罰站嗎，是哭了嗎
我的童年，我三歲的童年
據說，媽媽出走
走出我的人生，不一樣的一生

當然，不會是一樣的人生
每個人都會有，屬於自己的
不一樣的，人生；我不懂，
三歲的我，我怎麼會懂

我，現在的我，已近三十倍的年齡

我也還是不懂！

我的人生，是否算是

已經苦盡甘來

還是，苦有餘甘？

我看到的我，我自己還在鏡中

呆呆傻傻

舉著僵硬的雙手，他面對著我

鏡外的我……

（2023.01.25／08:04九份半半樓）

我，什麼都不是

我非山／我非海／我非天／我非雲／我非霧／我非雨

我，什麼都不是

山，非山

海，非海

天，非天

雲，非雲

霧，非霧

雨，非雨

它們，原本什麼都是

我非山

我非海

我非天

我非雲

我非霧

我非雨

我，原本什麼都不是

（2023.02.02／06:16研究苑）

春天的影子

誰是春天的影子，我不知道
你在問我嗎？
剛剛，我才看到一朵小花！

她嗎，美不美！
什麼樣才算美？
美不美，不用你來評定
春天，她自己會知道
她也不一定會在乎你；

你看看，看看她
她不一定要看你；
你在的時候，她在
你不在的時候，她還是在

春天嘛，她自己有信心
美不美，香不香
花兒，都是她的……

（2023.02.07／12:19研究苑初稿，
14:40區間車去瑞芳途中定稿）

太陽，誰比祂年輕

晴天的時候，我一睜開眼睛

不是說瞎話，我看到的

山是山

海是海

天空是天空；

當然，不會是空空的天

天空，有白雲有藍天

有我心中的晴朗和湛藍……

太陽，晴天的時候

當然，我是十分晴朗

有一絲絲雲彩，就是雲彩

如假包換；

你想換什麼，都可以

反正，黃金我沒有

天空就是你的天空，也是我的

太陽就是你的，也是我的

太陽的太陽；你可曾想過

太陽永遠都有祂

自己的主張，自己的想法

自己的樣子，我喜歡

祂，什麼樣子

就是那樣子，不必為難

祂；我只要高高興興

抬頭，仰望

祂或我也行，看看我自己

心中的老太陽；

說祂老嗎

的確是，誰又能比祂年紀大

可又想想，我在想

誰又能比祂年輕，天天都有一個

圓滾滾胖嘟嘟的臉兒

光芒四射，活力充沛

說真的，確確實實

太陽，誰能比祂年輕……

（2023.02.11／08:16九份半半樓）

有陽光，真好

大自然自己都知道，

有陽光，就好

百花都舉杯歡呼～～～

葉子，都拍手鼓掌叫好……

大自然，就喜歡這樣

愛這樣；我也喜歡這樣，

愛這樣

歡呼鼓掌……

有陽光，真好。

（2023.02.13／12:19南港站等社巴回研究苑）

一顆石頭，一朵浪花

一顆石頭，一座山

無分大小

我喜歡；喜歡這樣看它

每顆石頭

每個人

每根草

每一朵花和每一棵樹……

面向萬物，我心存感恩

心中的景仰，從此出發

航向無邊無際的海洋；

我渺小，我可渺小自我渺小

如一朵浪花，我還甘願只當

一朵浪花……

（2023.02.14／17:46九份半半樓）

和太陽有約

和太陽有約
看山看海
看我心中的
天空和白雲⋯⋯

日日晴天
日日都美好
太陽和風景⋯⋯

我，和太陽有約
我每天都會，仰望
祂
謝謝
祢，美好的一天⋯⋯

（2023.02.17／08:36研究苑初稿／
09:35捷運板南線忠孝復興定稿）

山和雲

山和雲
山比較重
雲比較輕
山羨慕雲
雲也羨慕山

海和天空呢
我想想
海和天空
祂們也說
我想想

（2023.02.18／09:47九份半半樓）

哲學，雲和霧霧和雨
──我在，用心思考……

哲學，形而上

也可以形而下

我，用心思考

雲，是哲學

霧，是哲學

雨，也是哲學

我用心思索

我的生活，也是一種哲學

我，沒有牙齒

我無齒

不能咀嚼，我用剪刀

細細剪碎我想吃的，我該吃的

魚和肉；

我改善，我的生活

我的飲食；

我改善，我的營養和健康

我，沒有虧待自己

我要做一個好人

真正的好人；我學會照顧我自己

我的生活，是一種新的哲學——

和雲和霧，和霧和雨

我們都是，有自己的想法

有自己的哲學……

（2023.02.22／07:26九份半半樓）

每天，我讀一面窗

我眼睛不好，視力有限
書，應該要讀
可我無法讀很多文字；
我告訴我自己，沒有文字的
也要讀，要勤讀沒有文字的書

包山包海，包括大地和天空
山裡有什麼，我讀什麼
海裡有什麼，我讀什麼
地上有什麼，我讀什麼
天空有什麼，我讀什麼

當然，什麼什麼我都會讀
包括聽得到的，看不見的
我都會安安靜靜地的讀
讀得懂的，讀不懂的
我都會試一試，讀一讀

我讀我一面窗，它是有一定的
面向，一定的範圍

可我也會，把看不到的

我就反過來想，想想看看

看看我自己的人生，我想到的什麼；

我也試著讀讀我自己的心象和心聲，

我告訴我自己，凡事多多想想

原來沒有的，也會變成有

已經有的，會變得更多

我要讀，每天我都這樣讀

讀一面窗，天天讀

我也可以等同我讀過

大地的萬卷書……

（2023.02.27／08:35九份半半樓）

睡前，入睡之後

睡前，我會熄燈

關掉半半樓的小燈；

睡覺時，一整夜

我都不用再繳電費

眼前，就有千萬盞燈為我點亮

人間，璀璨的夜晚

一盞燈，一顆珠寶

處處湧現溫情；

千萬盞燈，千萬顆溫熱的心

慈愛的心

夜夜為我點著，點亮我

入睡之後的夜晚

（2023.02.28／07:10九份半半樓）

卷三 我說我借時間

我向時間借時間，我用／我的左腳和右腳，讀馬路／也用它們
來寫詩……

我說我借時間
——我沒有還

我說我用我的時間，花在馬路上

我說我的時間，其實，不對

時間是時間的，我只能說

我向時間借時間，我用

我的左腳和右腳，讀馬路

也用它們來寫詩……

我向時間借時間，我一直沒能還

我所能付出的，只有借貸的利息

永遠無法還本；也許直到有一天，

我要離開這世界

或許，勉強才能說

我用我的生命，還本

可我又沒向時間徵求意見，

祂同不同意，我不知道；

最後，最後——如果

祂不同意，我也只能說

我就賴著，一走了之……

（2023.03.04／08:31捷運板南線，車過國父紀念館，
我要去板橋江子翠文聖國小，參加兒研會研習）

054

一片葉子的思考

——醒來，就會想到

在歷史轉彎的時刻，時時刻刻
你都在想些什麼，什麼是你的
一生，一生你有過多少轉折
嫩芽兒剛剛露出時，他的臉兒
是面向新生的陽光，還是新生的
太陽，面向著你

神聖的，生命的開始
必定就會有璀璨的陽光
迎接你，神聖的童真
單純的人生，是複雜的開始
要歷經過多少風霜，多少雨露
無風無雨晴朗的日子，
要說要笑，要哭要喊，要唱要泣
一片葉子的一生，
你一生就從嫩芽兒開始；

什麼，都是無知
什麼，都是你的
什麼都有，什麼都沒有

你都思考過？

有是什麼，無是什麼

有是誰給你的？沒有就是應該的，

天上掉下來的？

無，本是一無所有

什麼，都不是你的

你都思考過嗎？

──思考，一片葉子的一生

他說，他即將隨風而去

回歸自然，自自然然

一片葉子的一生，有過

多少風光，多少春秋

都是你的，都不是你的⋯⋯

（2023.03.05／05:22研究苑）

畫母親的血點

清晨，夢的一小段

短暫的旅程

我總喜歡，將它設定

在媽媽年輕時留下的

血點，卻無法清晰看到

媽媽清純的臉龐，

我只好快速

利用速寫，將媽媽畫在

老家一堵斑駁的牆上……

（2023.03.06／07:17研究苑）

折騰，是開始

折騰，是一種開始

未必不好

還有，其他種種更多的

叫作折磨

也未必不好；

方式很多，有的只叫你想想

想想就好

想想就沒事

人生，不夠百年

百年是有百年活著，未必都是百年

不知自己的，也有不知道別人

多的是；一生長長，長長短短

短短長長都過完一生；

我在路上，路上風光

風光明媚，四季如春

主要還是

春夏秋冬，有甘有苦

甘苦與共，共享人生……

（2023.03.16／14:28九份半半樓）

公雞母雞在聊天

公雞，很喜歡和母雞聊天
他們的感情，特別好
母雞總是愛搶話題；她說，
你每天都愛早睡早起，精神特別好
每天都會把太陽叫起來，
我該多生幾顆蛋，好好犒賞你；

好好好好，公雞馬上說
太感動了，我要好好感謝妳！
妳也是，整天都坐在窩窩裡
很認真，很辛苦
可是，為什麼最近市場還是
天天叫：缺蛋，完蛋……
很多人都買不到蛋！
這是什麼原因？

母雞聽了，她說
咯咯咯，我自己也不知道；
我也感到很不好意思！
母雞想了想，她又說：
是啊是啊！還長長嘆了一口氣──

很無辜的說：

咯咯咯，我真的自己也不知道！

我一天生一顆蛋，已經是很賣力了呀！

咯咯咯，咯咯咯

咯咯咯，咯咯咯

母雞很專注，又看看公雞：

那要怎麼辦？

請你替我想想，替我想想怎麼辦⋯⋯

（2023.03.21／13:50區間車停靠七堵，我要上九份）

落葉的想法

查拉圖斯特拉，如是說

尼采，我年輕時的偶像

現在，我的年齡已經比他大過一倍！

我早早已經，有了自己的哲學

至少，我已經有了自己的想法；

我的想法，關於我自己的人生

我知道，我自己應該做主

我說，詩是我的，我就是詩的；

這是不能改變的事實，

不得改變的，我這輩子已經完全是

屬於詩的。我如是說，

我絕對不是尼采的……

（2023.03.23／15:48桃園市立圖書館）

公雞總愛盤點

——天將降大任於斯人乎？公雞說：

公雞，叫太陽起床

是很單純的事；

一天一個，他從小就學會了

數學，是很簡單的事；

一天一個，一年三百六十五天

他都不會弄錯；

可是，自從市面上鬧了缺蛋之後

他就開始變成很愛檢討人家；

他說，母雞生蛋的事

本來也是，很單純的

一天一個，一年三百六十五個

是很單純的；

母雞，本來都是很盡責

她天天都照樣，會下一顆新鮮的蛋

現在，到底怎麼啦！

公雞就開始懷疑母雞，

他總認為，母雞一定是

在搞什麼鬼，我不應該會算錯

這麼簡單的數學，

這麼單純的事，我怎麼會弄錯？

可是，公雞總愛懷疑母雞

她一定有問題

關於生蛋的事，一天一個

不就是一年365個嗎？

數學，本來就是很簡單

一年365天，就是這麼單純！

母雞，現在一定是大有問題……

（2023.03.25／07:01研究苑）

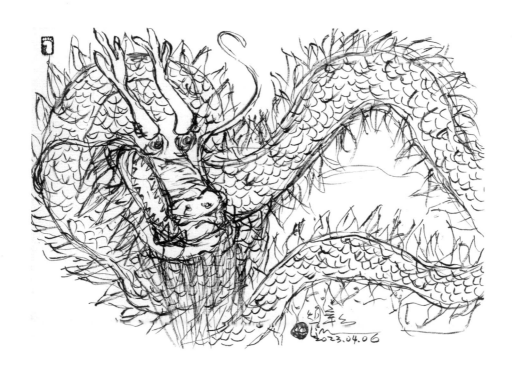

美，沒有葉子的樹

沒有葉子的樹，它在和天空媲美；

晴天雨天陰天，它都美

每一支樹枝，都朝向天空

獨一無二，它說

美，是它自己說的

要有自信，

不必靠別人來說；這世界

美，不是只有一種

天空，有天空的美

沒有樹葉的樹，也有它自己的美

我喜歡我自己的美；

美，是一種自信

美，是屬於自己的……

（2023.03.25／10:33捷運板南線將過市府站）

霧，迷迷糊糊

在九份山城
一早，伸手不見五指
昨晚，不知喝掉幾罈金門陳高

酒，不是問題
宿醉才是大有問題；
迷迷糊糊，是58
不是我的問題——
醇，是純
沒話可說，不必懷疑
地窖裡的老甕
它們都懂，一點都不假

霧，已經喝了
幾十年上百年，迷迷糊糊
就獨愛金門陳高？

（2023.03.30／07:58九份半半樓）

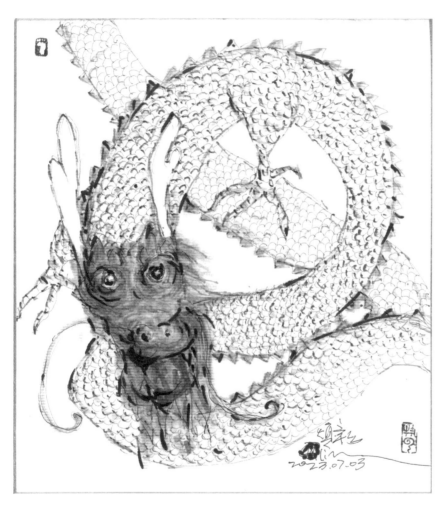

山裡，所有的樹和鳥／都睡著了／夜裡，所有的聲音都懂得修養

夜裡，山裡的靜

靜，最高修養

不只沒有聲音；

山裡，所有的樹和鳥

都睡著了

夜裡，所有的聲音都懂得修養

我，住在山裡

夜深了

我沒能睡著，我的修養很差

只能做到不要發出任何聲響；

好好默寫一首小詩，

靜，就借來當作題目吧！

（2023.04.02／01:11研究苑）

遠方，遠方的遠方的遠方

靜，是夜裡最深的時刻

我仍在路上；沒有任何交通工具，

我只靠我自己雙腳，可以走出去

在時間的路上……

遠方，遠方的遠方

遠方的遠方的遠方的遠方，

我要去的，最遠的地方

在我自己心裡……

（2023.04.02／01:43研究苑）

我的，夢的船

一艘夢的船，我從未見過
昨晚，我睡著了
它就在一條恆河出現，
又自動駛向岸邊，我正好
自己一個人，站在左岸上；

我說，自動
的確是，它是一艘空空的船；
船上沒有任何乘客，
它還主動對我說，你趕快跳上來
你就是我的主人；

真的，它慢慢靠了岸
鼓勵我跳上船；真的
真好，我就成了它的主人
我也自動學會了開船，
還自願當了船工，從此夜夜
我都開著它，在恆河上
負責接送，我最愛的
貓狗和十二生肖

年年，牠們都自動排隊

主動輪流，上我的夢的船

從鼠開始，誰也沒有插隊；

從此開始，我也夜夜都當了

夢的船工，在恆河上

風和日麗，和牠們做朋友

義務接送牠們，不收任何分文……

（2023.04.04／06:19九份半半樓）

選擇，有很多選擇

太陽，要選擇什麼

晴天雨天；

風，要選擇什麼

選擇花或草；

月亮，要選擇什麼

選擇夜晚，越夜越晚；

星星，要選擇什麼

我會，選擇什麼

什麼讓我選擇？

我一直都在選擇，

我，放下我的選擇……

（2023.04.08／18:27社巴回研究苑途中）

兩個愛喝酒的

我愛白酒，金門58
蚊子愛喝紅酒，牠常常來找我；

我本來想說：兩個愛喝酒的人，
可一想到蚊子和我
牠怎麼能稱為人？
我就改題了……

想改為兩個酒鬼，或酒神
那也不太對；我是可以喝高粱58，
可還稱不上鬼或神；
至於酒徒，那也不對
我只是有好友吆喝
會來者不拒，純粹是機會主義者；
或許這樣，我也可以稱為
我是會喝酒的人……

至於蚊子，牠是嗜酒如命
稱牠酒鬼，也許可以
牠又常常半夜還來找我；

牠愛紅酒，又獨愛喝我新釀的

說真的，我是很不歡迎牠

我愛白酒，是真的

獨愛金門58；

其實，我喝酒不是經常的

只偶爾有好友請我，

我來者不拒，也還好

稱不上酒徒，更不能叫

酒鬼或酒仙，蚊子就絕對

可以稱牠酒鬼；牠是我最討厭的

愛喝紅酒的酒鬼……

（2023.04.09／07:07研究苑）

螞蟻和螞蟻對話

螞蟻和螞蟻對話，牠們的語言
都是同一種嗎？
有沒有國語，
閩南話，還是台語？
有沒有客家話，潮州話廣東話……

還有，英語日語韓語法語德語……
很多外國話，我都聽不懂；
如果，牠們也要說那些話
我聽了都要搖頭，怎麼辦
還有，原住民的語言呢

每次我經過路邊，或廣場
有螞蟻和螞蟻在對話，
看到牠們點點頭，又比手畫腳
很有趣，我也很想向牠們學習……

（2023.04.10／09:15捷運龍山寺站）

龍，在九天

龍在天上，九重天之上

雲是祂的化身；現在不一定是，

你仔細看，看久了就是

本來就是；

雲，是龍的化身

我是肯定的說是；

龍在九天，久久就是永恆

我說的就是。

（2023.04.11／07:51九份半半樓）

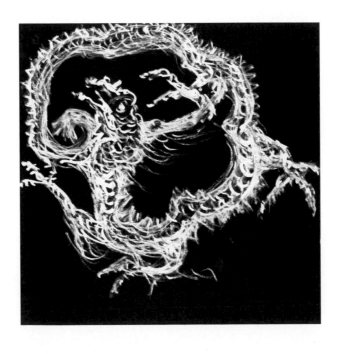

我，每天都面對著海

如果是她，如果她是我的愛人
我每天都面對著她——
海，我沒說什麼，
她比我更安靜
我遠遠的，十分癡情的
凝望著她……

我也不知道，我該說什麼
海，她有沒有在看著我
自然，她永遠都是默默的
只面對著天空
可能，一定的
天空才是她的，真正的愛人
永恆的愛人
我，小小的我在她眼裡，心裡
哪能算是什麼？

人，何其渺小啊
海，她是遼闊的
她的心胸，她的懷抱
有多少魚蝦，多少子女

多少子子孫孫

她哪會看到，遠在天邊

什麼都沾不上的，一個可憐的

小小山城；只有雲來雨來霧來

才會被關注，也不盡然就是一種

真正的關注，

我，又何其渺小的何其渺小

只是自己不自知的

每天都要傻傻面對著她，

遠方的海；自以為是癡情的，

小小的一個小小孩……

（2023.04.14／07:15九份半半樓）

夜不必講究顏色

夜不必講究顏色

越黑越暗越好，甚至是

關掉所有的燈

讓月亮和星星

她們自己把天空點亮，

我也會乖乖守住她們；漁船要是

一定要出海捕魚，我還是希望

他們都要把漁火熄滅

海是海，海是魚的世界

讓牠們每個夜晚都可以擁有

一個寧靜的夜晚；越黑越暗越好，

夜，不必講究顏色⋯⋯

（2023.04.18／18:56九份半半樓）

那天，午後走過

說是雨後，那天走過的礁溪街

自然我是從哲學巷走出來；

自然，我和久違的

黑格爾同行，他還是那樣的

一派愛理不理，那樣

因為我年輕時，不懂

他說過的一些事，理性感性

我老是不懂，他就不再理我了！

可是，今天我又是主動靠近他

想辦法再靠近他，真希望他不要再嫌我

我還是可以再好好，好好學學他！

理性和感性，感覺

現實與真實……

（2023.04.21／16:15九份半半樓）

天地，我窗前

我窗前，是一幅經典水墨畫

從清晨到夜晚，從晴天到雨天

從春天到冬天，

齊白石張大千王攀元

都輪流來畫過；

他們沒來的時候，由我接棒

我喜歡寫意，隨心所欲；

我更喜歡，偷工減料

簡簡單單，幾筆就帶過

我喜歡畫龍，像不像都無所謂

我不需要畫得像

天上的雲，地上的霧

都是祂的化身，

我畫什麼，我怎麼畫都可以

龍。我畫的，我畫什麼

都不一定要像；

像不像，都是我的畫

都是我的經典，我窗前的

水墨畫

它就是我的，一生的經典……

（2023.04.22／05:33九份半半樓）

附註：什麼叫一氣呵成，這就是一氣呵成。

職業，我的職業

職業欄上的
職業，我填「詩人」
是我寫詩嗎
不，我只寫我的生活；
我的想法，我的心境，我的心聲

每天，我都在生活
我不寫我能做什麼？我的一些想法，
我不寫，我不能一直把它們
都堆積在我的腦海裡，我必須
──把它們清乾淨，我必須放下；
放下……

人生，太苦太重了，我負擔不起
我不能老把戰爭與和平
都堆積在心裡；
我要告訴誰？
我該告訴誰？
誰能聽我？
誰願意聽我？

人類，不需要有戰爭

人，不應該殺人

我，要吶喊嗎

我的聲音，只有我自己能聽得到；

我的眼睛，又逐漸模糊

我的眼眶裡，已經注滿了

一座海，

天下所有的水……

（2023.04.24／06:32研究苑）

我，是一株小草

人，是渺小的
宇宙多麼浩瀚

人，都不應該自我膨脹
做一株小草，又何妨
在眾草之間，多麼自在
有風，就一起搖一搖
跳一跳，也行；
無風，自己就站穩，站得正直

有花無花，開不開
都無所謂
綠不綠，可以看看季節
一年四季，總要有我
這世界，是平等的
我，可以自己自由自在
挺挺玉綠，不做婷婷玉立……

（2023.04.25／10:09九份半半樓）

卷五

龍，神龍飛天

龍，祂是神／祂說飛，就飛……

龍，神龍飛天

龍，在天
祂，沒有翅膀怎麼能飛？
龍，祂是神
祂說飛，就飛

龍在天，祂可化身為
雲
雲，自然可以
在天上飛
龍，也可以化身為
霧，瀰漫整個山谷和天空

龍，是神
祂還可以在你腦海裡
飛；只要你想祂
祂就可以跟著你，無所不在；

今年龍年，我時時都會想
神龍，在天
祂
保護我們，和平健康平安……

（2023.04.26／15:56九份半半樓）

清晨，百葉一扇

頑石。一個，我是不讀書的

不是不讀，是不會讀

讀而未悟；

百葉待舉，

陽光，數過第幾葉

才穿透逃逸

我只借它，看到眼前

深遠離去

昨夜，一如尼采的固執

我不懂，裝懂

那虛無

一隻，童年的蟋蟀

誤入腦門，我腦死膠著

失聲，永世無力掙脫……

（2023.04.29／07:29研究苑）

詩，什麼都不識

詩，什麼都不是
我，什麼都不識
我跟著她走

上天下海，日夜我都在走
陰天晴天，都在走
雨天風天，都在走
我，沒有迷路

孔子老子莊子
不是朋友也不是老師，我都希望
跟著他們走

蘇格拉底柏拉圖黑格爾
非朋友也不是老師，我也希望
有機會
沒機會，都希望找機會
希望能跟在他們的屁股，一起走

詩，什麼都不是
我一生，都希望跟著她走

她，不是宗教

我當她是一種宗教

她，不是哲學

我當她是一種哲學

她，不是禪

我當她是一種禪

我，希望我沒有迷路，我還在路上

我，我知道我自己，什麼都不是

當然，也什麼都不識……

（2023.05.01／07:44九份半半樓）

詩與哲學，一半一半

四月。最後一天，
梅雨即將啟程，
五月，我們應該在一起

昨夜，雨聲的腳步斷斷續續
蘇格拉底，柏拉圖
誰的理想國
詩與哲學，兩扇木門都各開一半一半
都各一半；詩與哲學……

他們和我們，都坐上了
古代的馬車，一起上路
生一半，死一半
詩一半，哲學一半
妳一半我一半；

夜半醒來，誰的雨聲都已換上了
噠噠的馬蹄，噠噠的都接上了
雨聲之後

還是，嘆息的

噠噠的馬蹄聲，我們都

一起上路吧

五月。梅雨就開始……

（2023.04.30／03:32研究苑）

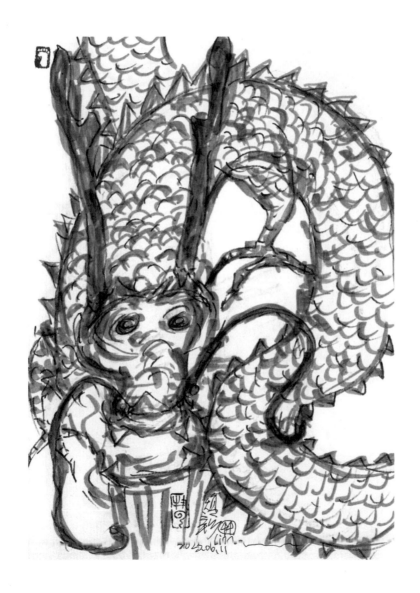

柏拉圖和蘇格拉底

兩個大哲學家對話，他們自己說

我們不談哲學……

OK。蘇格拉底先說：

那你知道，什麼是生死？

柏拉圖反過來問他：

天黑和天明呢……

（2023.05.02／10:22九份半半樓）

我向他們，揮揮手

揮揮手，向我昨夜

夢中的城市，告別

我從未去過的古希臘的城市；

柏拉圖蘇格拉底

尼采黑格爾

他們都在開會；

還邀了孔子老子莊子

還有泰戈爾；

他們論說生死，最後還是

生和死

沒有其他議題，我聽得迷迷糊糊

最後，我還是向他們揮揮手

揮揮手……

（2023.05.03／07:47研究苑）

揮揮手，我向尼采說

揮揮手，我向尼采說

我將告別我心中的

日和月，和天上的星星；

至於，大地、山海

在完成所有儀式之前，我還會

用我雙腳，早晚晨昏

一步一步向他們說，再見；

我還會，揮揮手

向尼采說：您所擁有的

虛無，我也有過

生而無憾……

（2023.05.03／04:38研究苑）

山城，極靜的夜晚

山城的夜，極靜和我一樣

我們都極愛安靜，

不怕寂寞；我們心中，都有

數不盡的過去，

日日期盼的未來，

夜夜，雨來霧來

遊客，國內國外

日日都來，天天都會來……

我在山城，我經常三四點醒來

醒來，所有的燈光

看得見的都為我，點亮了

整個夜晚，

每一盞燈，都是

一顆珠寶；每一顆璀璨的珠寶

都是從天上溜下來

星星，她們都說

有了黃金山城，天亮之前

我們都不會回到天上，

山城，就是我們特意選擇

放心的，第二個故鄉……

（2023.05.06／04:52九份半半樓）

又是雨，又是霧
──立夏第二天

春天，才剛走

又是雨又是霧；

雨是微雨，細細飄浮

霧是濃濃，瀰漫山城

籠罩在我心中的山城；總有

一種心情，久久無法散盡

瀰漫的，我的整座心境……

要戰爭嗎，誰說的

可以打戰嗎？

人，可以打人嗎

國，可以打國嗎

我是無知的，我是悲愴的

我是無力的，我要吶喊

我要告訴誰？我要，祈求

由衷祈求上蒼天地；

我要，慎重悲鳴

由衷告訴每個人

人人，都該要覺醒

人人都要有良知，

人人，都應該站起來

大聲吶喊，我們絕對不要戰爭

我是反戰的……

（2023.05.07／13:56九份半半樓）

詩‧札記

詩是文字的家

我努力寫詩

我要為文字找到最好的家

我寫小詩

小詩就是文字最喜愛的別墅

我寫兒童詩

兒童詩就是文字最快樂的遊樂園

我寫成人詩

成人詩就是文字最溫馨的高樓大廈

我天天都在寫

我要盡我能力

為文字建造

一座最和諧的大城市……

（2023.05.10／06:35九份半半樓）

春天，妳會看看我嗎

春天，我在看妳

看妳的背影，迷迷濛濛

霧裡，我自己先迷路

妳應該會越走越遠……

不確定的是

妳可能，還會在我眼睛裡

能確定的是，妳一定還在我心中

春天，妳會邊走邊回頭嗎

在思念的濃霧中，妳會越走越遠

我在看妳……

霧散之後，我只看到

遠方的遠方，遠遠的遠方

還不是盡頭；什麼都沒有

春天，我在看妳

妳會回頭看看我嗎

（2023.05.10／09:48九份半半樓）

春天，我要去追她

春天，還未走遠

我要去追她

她要走的時候，她沒說什麼時候

還會再來

我也忘了告訴她：我會想妳……

那是，昨晚的夢裡

我太大意了，睡得太香太熟

我怎麼沒想到，夏天已經搶先一步

跳上來！

我都還沒來得及，該給

春天，一個香香的吻……

最少，我會在親吻她的時候

多加一些些糖和蜜，春天

她最喜歡甜的，親親的甜；

我還會想，跟她說多一點點

悄悄話，那是很重要的

只有我，才可以大大方方

獻給她！

是啊，親愛的春天

我是妳的

春天，心愛的小戀人……

（2023.05.10／13:54半半樓）

雲霧，雲霧是龍

雲霧，是雲霧

雲霧是龍

龍在天，在九天之上

我在我心中

畫龍；龍在我心上

我是龍族，我就是龍的傳人

我知道，我應該怎樣堅守本分

寫我的詩；努力認真，堂堂正正

做一個，正直的人

（2023.05.11／05:20九份半半樓）

空酒瓶中的海

酒瓶，是空的

海

不是我的，我把它裝在

空酒瓶中，酒瓶中的海

就是我的，我把它放在黃金山城

半半樓的窗臺，

海也同時，在我的眼睛裡

沒有變小；

它在我腦海裡，比原來的還要大……

空酒瓶，原來是有酒的

酒是金門高粱58，又是陳年我的最愛；

酒，是我喝了

58，我的醉愛；我沒醉，

我向來很珍惜，好酒得之不易

不是我花錢買來，

是好友給的，我不亂花錢

我珍惜珍貴的友誼

我珍惜，酒的醞釀過程

友情，不是一天兩天

珍貴淳厚……

我的，空酒瓶中的

海

我天天看它，不是我天天想要喝酒

是我天天都由衷打心底裡，老老

牢老記著

淳厚的友情……

（2023.05.13／06:00九份半半樓）

附註：「牢老」沒錯，我新造的詞；我牢記著，感謝老

　　友……

就用每一個發光的漢字／向上堆疊，一字一字往上堆高／
要堆疊成一首／和平的長詩

堆疊一座和平的101

寫詩，我習慣用漢字

玩文字堆疊，日夜堆疊

夜夜都可以不用睡覺……

我知道，臺北101有多高

你必須抬頭仰望，才能看清

101上面的每顆星星；

我寫詩，就用每一個發光的漢字

向上堆疊，一字一字往上堆高

要堆疊成一首

和平的長詩；我誠摯的要向

全世界的人宣示：

我們絕對拒絕所有陰謀家，

來寶島販賣軍火，鼓動戰爭

企圖把我們的台灣，變成戰場

我們大中華民族擁有自己

高度的智慧，會維護全世界和平

任何國家，都應該成為朋友

人與人相處，絕對要互相尊重；

我們會竭誠歡迎，全世界的

每一個人，都快快樂樂來寶島作客；

我們可愛的

福爾摩沙，就是人見人愛的

全世界，

最友善的寶島……

（2023.05.22／17:44九份半半樓）

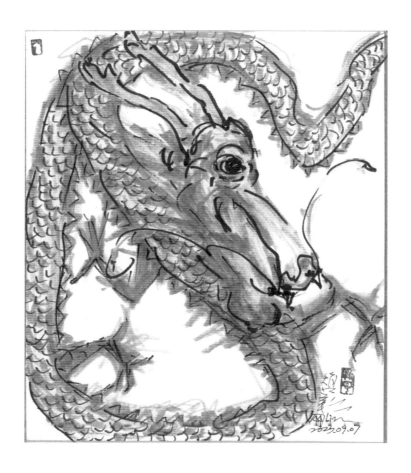

孤獨，有很多時間

我很忙，很忙；孤獨有空

他有很多很多時間，

常常找我陪他；怎麼陪他

他說，安安靜靜就好

安安靜靜，我最喜歡

我喜歡把自己的腦袋放空，

什麼事都不想，只管發呆……

（2023.05.26／09:58區間車回台北途中）

想想，我可以

想想，我在路上

我在人生路上

我想想，我可以不想嗎

我，走在人生的十字路口

現實的，人生的十字路口

我，總該停下來

想想，再看看

沒事的時候，我也該停下來

想想……

人生路上，紅燈綠燈

會定時變換；我，左看右看

前看後看

又再想想，我都應該再想想

每走一步，一步就到天堂？

一步，就天涯海角……

（2023.05.27／07:07研究苑）

海是偉大的

海，應該屬於女性
她是偉大的母親；

海，海納百川
何只百川
古今，所有淚水
她都一一接納

海，從未說過一句
冤屈不滿的話；
日與夜，她都敞開胸懷
逆來順受，照單全收……

（2023.06.07／13:34九份半半樓）

清晨，太陽要我背祂

每天，太陽

我都要比祂早起

大約，四點多一點點

祂才剛剛醒來，還要我背祂

登基隆山，今晨我已完成

第50次；我設定，要達到100

如果，如果我還有如果，

我會加倍，天天背著

太陽，如數完成……

（2023.06.08／09:11九份半半樓）

我種我的詩

詩之種子，會從哪裡來

常常，我夜半就從幼小時的哭聲中

醒來……

三歲時，我父親已賣光了

我祖父留給他的田和地

還有三間紅磚屋……

這輩子，我就注定只能擁有

我自己心中的

一畝旱田……

我農家出身，五穀水稻

早已不知如何耕種

現在，我只能勉強勤耕

一畝看不見的心田；

能種，就種吧

包括少小離鄉背井，濃濃稠稠

鄉愁，就是我心中時時萌芽的

詩之種子……

（2023.06.08／11:23九份半半樓）

雨都有他們的故事

每個人，都有他的故事
包括每滴雨，每滴淚；
你想聽嗎？你想知道嗎……

雨，從天上下下來
他們的故事
肯定更多，我不敢打擾他們
但我能夠體會
他們的故事，一定會比人多
也一定會很感動人，最少
我會受到他們的影響……

悲傷難過，有血有淚
活生生的人生呢？
我會打從心底，回應他們
我的熱淚，熱滾滾的；

淚，誰沒有過？
曾經何時，我自己都這樣
哭哭啼啼，走過再走過

現在，淚早已烘乾

比原先的還鹹，

與海水差不多……

（2023.06.08／16:28九份半半樓）

故鄉的，一顆小石頭

端午，我回故鄉
去二龍村觀賞龍舟競渡，
在老家屋後，我順手撿了一顆
小石頭，帶回半半樓；
我仔細看它，把它拿在手上
捧在手心；
左看右看，上看下看
前後又一看再看

一顆小石頭，在我出生地
我當它是一座山，把它背在身上
讓它跟著我
再度離鄉，背井……

這顆小石頭，我細細看它
有時看著，是一個人的臉
有時又像一隻
小小動物的頭，會不停轉動
想像我十五六歲時離家
我的淚，現在都流不出來

想想，淚是

完全流乾了……

（2023.06.25／11:12在社巴下山時發想／

次日傍晚在九份半半樓完成）

一粒沙，有的沒有的

一粒沙，跑進眼睛以後

我在想，它想看到我什麼

我有的沒有的，都在我身上

它應該最最清楚，可一目了然

閉一眼，都可以看到

我是坦然的，這一生

清清白白

不穿衣服，我都沒什麼需要

遮遮掩掩；我可以告訴它，

你看吧，我沒什麼好看

最多，你只能把我當作

一個寫詩的人，單純的

普普通通的人

有喜怒哀樂；我最最難過的是

有人，想把台灣送上戰場……

（2023.07.04／10:19九份半半樓）

我說，天空是我的

我說，天空是我的
這樣說，是不是大有問題？
雲在天上，隨時都在
它們都沒有這麼說；
鳥，在天空
牠們也沒這麼說，
現在，我說了
我是不是太惡霸，太自私了

其實，也不會
我是很謙虛的，只因為我
太喜歡天空了，我常常
抬頭，仰望
看看天空，有事沒事的
我都喜歡，要這樣才不會錯過，
有很多雲變魔術；你看過嗎，
有些雲很像我
我看過，真的就像我……

當然，也應該說我很像它
不然，你再認真仔細

用心看，有時候的某一朵雲

你說像就像

一點兒也不勉強，它就有可能

會像我；因此，所以

我常常會抬頭，仰望

就怕錯過……

今天，很不巧

我就看到了

請你也抬頭看看，

有一朵雲，它就像我……

（2023.08.13／08:45九份半半樓）

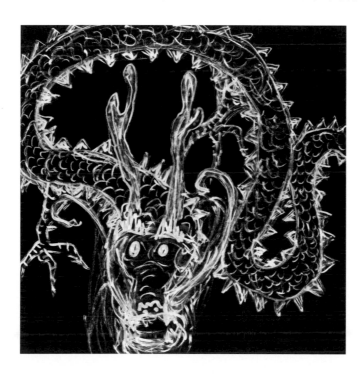

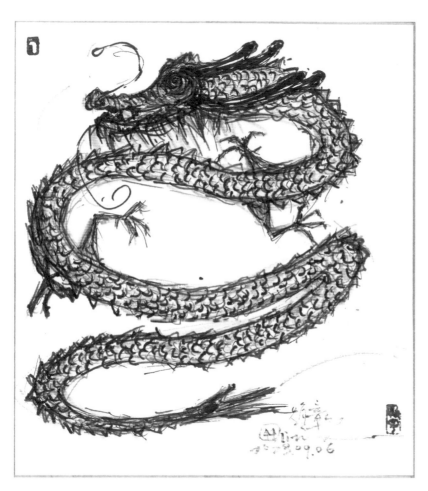

吟詩，詩人永恆的標誌／我們，在詩的國度一起遊走

周公永生，憶夢蝶

人無永生
周公，永生

周公夢蝶，他是安靜的
不說話，我懂
我懂他的意思
我和周公留影，我當然要
安安靜靜
站在他旁邊，最好是退後半步
我是晚輩
周公是我啟蒙恩師

周公永生，我站在他背後
默默感恩……

（2023.01.07／09:16研究苑，整理南港老屋，我找出照片，
大約是四十年前，我在聯副工作，得有機會和周公合影）

敬愛的山林詩人
——寫詩73年的麥穗兄

敬愛的麥穗兄，我剛找出

您第四本詩集《荷池向晚》，

翻開讀一讀，的確是好久不見了

烏來的山路，蜿蜒崎嶇又盤繞；

我早已忘了應該怎麼走；

當然，如果不開車

肯定又會迷路，不是麋鹿

山中，有關山林的事

您最最透徹；從年輕開始，

誰也沒您來得在行

閉著眼睛，您也行

冬天，要是想去烏來泡澡

泡湯，我們還得請您義務嚮導；

假不了的是

寫詩的朋友，沒一個能比您清楚

友情的溫度

您拿捏得最準；這輩子

您永遠都是笑笑的，什麼事都好都行

像哪棵樹，哪片葉子

您看看就知道，它們為什麼翠綠

為什麼枯黃

我們就等著，請您來導引

請您來告訴大家，它們是

怎麼長出來，和您寫詩一樣；

不論現代派，蘋果派

您一瞄，全都知道了

要是，秋天已經過了

要是冬天來到，

您會告訴大家，什麼也不用怕

現在，就是冬天

春天，當然很快就會來

冬天的冷，沒什麼不好；

春天一定很快就會到，

您就是走在春天的路上

要朋友們，大家都不用害怕……

（2023.01.09／15:40九份半半樓）

想白萩，從一開始
——2023.01.11詩人白萩仙逝

從一開始，很簡單很容易

那是好多年前；

五六十年前，應該說

1969年8月，我們都還年輕

您大我兩歲；您早已馳騁

在台灣現代詩壇，跑得遠遠

跳得高高，讓人仰望，我仰望您

天空的象徵，

您的香頌，您的流浪者

您的，望著遠方的雲的

一株絲杉，遠遠

孤立著，面向東方

一隻孤雁，

在空無一物的天空

在廣場

在吶喊

在有風吹過的落葉上，

在我的斑鳩與陷阱的序言中，

在這之後

您由台中遷居高雄，之後……

現在，高鐵停靠台中站
在高鐵還要南下，我要南下
在我還不知道，在 2008 年之後
您在高雄的家；現在
您正在要去天國的路上，可以肯定
您要去天國，
您留下的每一首詩
每一個字，都已為您雕刻成一塊塊
方方正正的詩碑
一塊塊都變成了金磚，鋪成一條
康莊大道；迎接您
平平穩穩步上天國，歷史
永恆的詩壇……

高鐵正在南下，窗外一朵白雲
望著一株絲杉
一
株
絲
杉……

（2023.01.14／09:58初稿，高鐵將進嘉義站；
次日09:28調整十次之後，定稿於研究苑。）

西西，愛左看右讀
──追憶香港詩人小說家西西
（2022.12.18逝世）

西西，喜歡

左看右讀

西西，喜歡

中國蓮花

蓮

出汙泥，而不染

西西，有次來台

她在花蓮市區

左看看，右看看

看到國中生，背著書包

她左看看，又

右讀讀

她說：應該是

中國蓮花，不是花蓮國中；

她，左看右讀

還是喜歡

左看看，右讀讀

同一個書包；

左看，是中國蓮花

右讀，是花蓮國中

她說，她喜歡中國蓮花

她說，你幫我買一個

花蓮國中的書包，

我要背著

中國蓮花，到處走走……

是的。我，幫她買了。

從此以後，

西西，她就真的背著

花蓮國中的書包，到處行走；

人家看到了，都喜歡

跟著她，讀著：

中國蓮花……

（2023.01.17／15:00

在南港中研路一段全聯等社巴，要回研究苑）

窗前一支空酒瓶
——謹懷詩人洛夫大師

一支空酒瓶，酒是喝完了

不必懷疑，金門58

當然，也不用懷疑；

和誰喝的，有〈一張臉的風景〉

更不必懷疑，

醉和不醉，最最不醉

也不必懷疑⋯⋯

一支空了的酒瓶，在我窗前

剛剛，它還裝滿了一座海

現在又改裝了濃濃的霧；

醉不醉，都不用懷疑

霧，茫茫

醉，茫茫

58，是陳高

洛夫和夫人瓊芳

請我們，大家都醉了

醉了，最最醉醉

醉茫茫⋯⋯

（2023.02.06／08:31九份半半樓）

附注：詩人洛夫逝世三週年，今天我寫這首感懷詩，感
謝他和夫人瓊芳，在2017年2月25日招請方明、水
富、蘇有德詩友和我午餐，我們喝完一瓶陳高；沒
有原酒瓶商標，是貼著洛夫的一首詩〈一張臉的風
景〉；詩的空白處，我請大家簽名，典藏在九份半
半樓……

2023.04.03

懷念紅色康乃馨
——感念兩位百歲媽媽

我在想念媽媽，感念

兩位都已百歲的母親；

今天，滿城滿市

滿街滿巷

普天之下，我想像的

每個人的手上，都會有一朵

紅色康乃馨；

而我，應該也要有

可我總是，把它們深深藏著

藏在我自己的心底裡；

我想送給我的

至愛的，兩個媽媽的

紅色康乃馨，

要感念媽媽，

可我手上拿的，總還是

跟別人的康乃馨，不一樣！

我深深的，愛我的兩個媽媽

可她們都早已在百歲時，

相繼得到了

佛祖的指引，回到了

她們天上的家，我只能

日日，夜夜

夜裡夢裡，獨自拿著

白色的康乃馨，獨自

坐在自己心中的老家，像小時候

媽媽不在的時候，

孤單的，自己乖乖的坐著

默默的，自己坐在家門口

想念媽媽的時候，我都自己

苦苦的坐著……

（2023.05.14／07:05母親節，研究苑）

吳岸・無岸
——拉讓江的詩魂丘立基

吳岸兄，您潔白的鬍鬚

濃密的鬍子，是拉讓江畔

吟詩，詩人永恆的標誌

我們，在您的詩的國度一起遊走

吟詩四五十年……

您我，曾經在北京王府井街頭

不期相遇；我們曾經一起受邀

在新加坡大學作客；我們曾經，

在砂勝越您的家鄉古晉，一起談詩

您是主人，熱誠召喚我

遠從台灣應邀；我們一起談詩

漫步同遊拉讓江畔，聽您朗朗誦讀

陶醉在達邦樹的禮讚；

您還請我，吃甜蜜蜜的榴槤

吟誦榴槤賦；我們又興致高昂

一起遊過拉讓江，也算是

涉水游過，長長拉讓江的春水；

我們還借拉讓江

日夜流轉，長長的江水

淘淘不絕，談我們的理想和浪漫的詩篇

一起朗誦您拉讓江的

最美的季節，春天和秋天

您的最美的季節，配合著

您最真摯最高貴的詩篇……

是啊，只是那一年，是秋天吧

您沒說要去遠行，可您去了天國

就不再有歸期的消息，

讓我苦苦守著，一個世紀吧

那麼漫長！我們春去秋來

何時可以再相聚？

您啊，吳岸無岸

日日夜夜，無岸沒有歸期……

（2023.05.17／11:45九份半半樓）

附註：西馬著名詩人吳岸，本名丘立基，1937年生，逝世於
　　　2015年8月9日；生前曾任砂勝越作家協會會長等。
　　　《達邦樹禮讚》、《榴槤賦》都是他代表作詩
　　　集；他是拉讓江畔著名詩人。
　　　今天，我整理剪報，看到他1994年2月21日《國際
　　　時報》第一版頭條新聞的照片，觸發寫下我們曾經
　　　多次相聚的珍貴情誼……

南北笛，金色吹號手 外一首
——懷念詩人羅行、讀羅行的《感覺》……

春天，才剛走

詩人羅行

您曾在春天的大草原，吹響了

第一聲《南北笛》，

為什麼，您也急著要走

您是金色的吹號手，我們

多麼需要您

詩人羅行，您急急忙忙的走了

大律師，羅行也走了

我一直想不透，您曾私下問我

有一年，您突然對我說：

寫詩，你有沒有計畫？

那時，我很老實很直接的回答

沒有；我不知道，寫詩要有什麼計畫？

您聽了，也沒追問

我自然也不懂，可再進一步

向您請益；那是多少年前，

算一算，應該是四五十年前了！

詩人羅行，我有您一本唯一的詩集——
《感覺》，是1981年6月28日
您親手送我；我是您的後輩，
1939年8月16日生，
算一算，那時我已四十二歲中年
您出這第一本詩集，原是一個標準的
抒情詩人，卻當了大律師，自己把自己
天生敏銳的感覺，強壓下去
可1967年3月，您擱筆了十年之後
卻又重拾銀笛，在嘉義吹響了《南北笛》
還讓我在創刊號上，發表了一首〈星期六〉
我不知愁滋味的，在不安的城市裡
擔心與死亡對話，寫下反戰的散文詩……

詩人兄長，羅行您這突然的走了
我一直想跟您說些什麼，也一直
不知該說些什麼？我總認為
您是不該只當一個大律師，
我一直想不通，您的柔軟甜蜜的
抒情本質，不該壓抑
《南北笛》在春天的大草原上，
我還是和當年一樣，十分期待

您再次吹響，吹醒整個

台灣現代詩壇……

（2023.06.13／07:53九份半半樓）

附注：詩人羅行（1935.01.13~2023.05.26）

崇尚自由自在
──敬致詩人律師羅行先生

喜歡安靜，行雲流水

喜歡微笑，親切甜美

崇尚自由自在

詩人羅行，您是我的前輩

我，一直仰慕您安靜微笑

關於詩，您對我說過的那句話

我始終沒有忘記

「寫詩，你有什麼計畫？」

四十多年了，我一直還記著

始終還是沒有弄懂，

您說的真正的用意？

不懂的事，天下的事都需要

安安靜靜，用心去想去悟；

我學您，也安安靜靜

把您說的話，深深牢牢

記在心裡；如果這四十多年

是我寫詩重要的歷程，

現在，我還是沒有悟出其中

真正道理

您還是微笑的，悄悄默默的走了
我呢，我的詩我還能寫下去嗎？
是的，我還是要默默
繼續用心去悟，寫我不懂的人生……

詩人，羅行
律師，羅行
前輩，羅行
您永遠是我心目中的
先行者；我還會默默學您
依循您敏銳先知的感覺，
依您詩的腳步，
一字一步
一句一步
一首一步，向前行
接下您吹響《南北笛》的詩心，
時時都從詩的春天的大草原
出發，展開詩的新世紀，為我們
心愛的寶島，寫下永恆的詩篇……

（2023.06.14／11:37研究苑）

苦嗎，基督的臉
——悼念龍族詩社同仁　詩人喬林

苦嗎，苦誰之苦

基督的臉

你十分深邃刻畫著你自己的苦，

也深邃刻畫在我心底裡……

苦，是通天的苦

你沒說出來，你的這本詩集

一邊經過鄉愁

一邊發現鄉愁

以一份虔誠的宗教式的情操，

壓抑自己年輕時

近十年類流放吃苦工作的歲月，

在心中所積累夠厚夠重的鄉愁；

你參與了台灣最艱巨的

南橫公路，嘉賓隧道施工艱難工程

苦苦熬過……

苦嗎，苦在基督的臉上

你都自己默默承受，

重讀你的基督的臉，每一首
每一字每一行，都刻骨銘心……

五十年，五十年過去了
五十年是半世紀
我們都從三十變成了八十，
你還一直沒放下，你自己雕刻自己
基督的臉……

每一個字，每一行詩，每一首詩
你懂了嗎？
喬林，你走了
你還背負著你年輕時，那段
刻骨煎熬的人生
長達十年煎熬的苦；
現在，你都能放下了嗎？

（2023.07.02／09:29九份半半樓）

附註：喬林，本名周瑞麟（1943.03.11~2023.06.20）基
　　　隆人。
　　　《基督的臉》詩集（1972.04／林白版），施善
　　　繼解說，林煥彰封面圖及設計，蕭蕭評論（附
　　　錄）。

跨過跨不過的……
——敬悼，謹向百歲詩人前輩林亨泰
先生（1924~2023）致敬

跨過跨不過的

您跨過了

百年，台灣現代詩史的

一百年；

您的「防風林的外邊　還有」的外邊，

永遠響叮噹的，叮噹響著的

海的外邊，遼闊的

詩的歷史的外邊，

您跨過了，跨不過的

世紀的詩的海的歷史，

從日文的外族現代詩出發，

回歸到漢文，抒寫自己的時代

本土化的心聲，

您是跨越語言的一代的先驅，

回歸自己祖先神聖的

詩的民族，永恆的

詩的國度，在台灣文學的殿堂

登高引領新詩現代化，

堅定立足於

笠的本土精神，

跨越現實，跨越外來的現代化

您的長的咽喉，讓秋的公雞

縮著一腳思索著，

時時精神奕奕，齊頭精進

挺立於世界現代詩的頂峰，

跨過跨不過的，真正屬於

臺灣的聖山——

玉山

十分榮耀，日日迎接

太陽，照耀東海

引領正確方向，詩的歷史的

正確方向……

（2023.09.25／09:32研究苑）

附注：9月24日清晨，在朋友line簡訊上，得知尊敬的前輩
詩人林亨泰先生百歲仙逝……
最近我找出他的詩集《跨不過的歷史》（1990.
05.尚書文化），放在睡房窗邊，時而翻閱……
「防風林的外邊　還有」是林先生早年代表作
〈風景〉之二中的名句；《長的咽喉》是林先生第
一本中文詩集。
林先生1964年籌組「笠詩社」，擔任首任主編。

詩以生命之光和熱
──謹向女詩人《秋水》永遠的主編
涂靜怡致敬

詩，不用來悼念

我由衷以詩向您致敬；

您是繆思女神，最孝順的女兒

您，生前十分盡孝

盡善盡美，時在

繆思女神左右

相信您，到了天家一樣盡孝

日日夜夜，長相左右

得繆思女神特別寵愛，

以純淨秋水，映照每一首詩

清脆甜美，高聲朗讀

傳送甜甜蜜蜜的，永恆的心聲

和秋水詩屋的每位兄弟姊妹，

永世分享……

（2023.10.01／16:32九份半半樓）

我會，繼續寫詩

林煥彰

詩，無論如何，都要寫；再苦也要寫。

最近幾年，我的詩作，每年都會有三四百首，幾乎天天都在寫；成人詩、兒童詩都有，大約兒童詩會比成人詩多很多。寫詩，我沒什麼計畫，每天想到就寫，好壞都寫；最重要的是，自認為詩寫心境，詩寫人生；有什麼想法，有什麼心情，就寫什麼詩，寫與個人生命有關的詩；我的每一首詩，習慣都會在詩成之後，寫下日期時間和地點，詩也就形同我的日記；我沒寫日記的習慣，無形中詩也成了我的日記，我是沒有忌諱的，而且我好像天天都在流浪漂泊，每天都在「路上」，和游民街友沒什麼兩樣；這樣就是我晚年的人生……

今年，到八月底為止，我已寫了超過306首詩；這其中，成年詩有百餘首，選在這集子裡的約76首，有部分六行以內的小詩，只選了數首，它們將來都會有機會另外編選，出版專集；因為我喜歡推動六行含以內的小詩，目前在泰國還有十來位泰華詩人和我一起在玩小詩寫作，每年都會出版一輯，已經是第18年。

至於其它詩作，自然形成的一些系列，例如貓的研究啦、雲的系列啦、夢的系列啦等等，在這期間，也累積了不少，因此在整理編輯明年龍年要出版的這本十二牛肖詩畫集的過程中，我是相當困

擾煎熬和掙扎，花了不少時間！

　　至於分卷，我只為了方便省事，基本上我是按寫作順序編下來；每一卷大都在十二三首，讓閱讀者有相當間隔時間，讓眼睛適度休息一下。

　　真的是，自己都很難檢選詩的好壞，好壞都應該自己負責；沒收在這裡的詩作，將來自然也要設法找機會，讓它們晒晒太陽，見見陽光……

　　我習慣寫的多，發表的少；能發表的，似乎不到百分之十，因為常會被退稿，不被發表的，大概就是等於壞詩，甚至有可能是不是詩，自己得好好檢討；但檢討過後，自己還是認為：不論發表與否，詩還是要寫，它對我自己來說，非常重要；有了詩，我才沒有白白過了這一生；無論如何，我仍然會繼續寫詩──為兒童，也為我自己，我會更加努力，力求創新與精進；寫詩，不重複別人，也不重複自己……

　　我會繼續寫詩，認真努力寫詩；寫有生命的詩。

（2023.09.03／14:29九份半半樓）

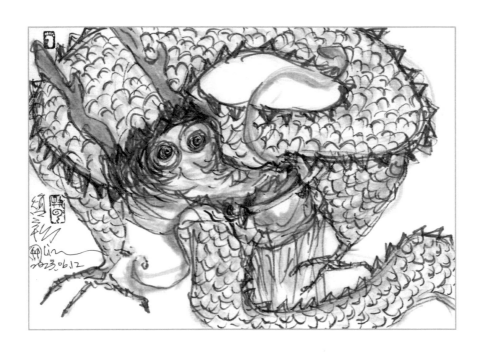

林煥彰詩畫集系列

玉兔・金兔・銀兔──林煥彰詩畫集

定價450元

《玉兔・金兔・銀兔》，這是我生肖詩畫集第九輯，是我2022年所寫488首詩作中整理出來的一部分，屬於可以和成人、大朋友分享的詩作；我寫詩，喜歡說分享，分享屬於我的，別人沒有的，應該說是沒有負面的，而且我又習慣使用口語化的語言文字，我自稱為活的語言，同時我又主張：我寫詩，我不為難讀者；我不用艱深枯澀的文字或古典優雅深奧的辭彙；我以明朗、真摯的手法，來詩寫我生活中對人生的體會和感悟……

虎虎・虎年・有福──林煥彰詩畫集

定價400元

生肖詩畫集，是我畫生肖的一個系列；畫，是對著當年的生肖所做，詩就沒有要與畫對應，還是隨我的心境而寫的。今年歲次壬寅為虎年，照這計畫和心願，畫了近百張虎畫，但筆下的虎，總像我平時愛畫的貓。我不會寫實，不愛寫實，但總要給自己臺階下──我主要希望我畫的老虎，不是兇猛恐怖的動物，喜歡牠和貓一樣溫和！

好牛・好年・好運——林煥彰詩畫集

定價360元

今年生肖屬牛；我從二十歲算起正式寫詩，到今年我寫詩已超過六十年，自認為詩已是我活著的重要記錄；也或許可算是我的另類的一種日記，一種自言自語的記錄，也或許是一種自己看得見的心聲……所以，關於寫詩這回事，我是從未想過要停下來，也自認為在自己有生之年，無論如何，一定要求自己一直寫下去……

鼠鼠・數數・看看——林煥彰詩畫集

定價320元

這本鼠年生肖詩畫集的詩，是我2019年寫的部分作品；依編號標示，這一年我寫了358首，其中一些小組詩，如分開加在一起計算，長短詩作總數可達每天一首以上；詩，我知道，不是寫多就好，但我算是每天都在認真過自己有感覺的日子，儘管只是個人平淡的生活，卻總有心思索人生的意義；這算是我為自己活著、做了件有意義的心情紀錄；我認為這樣做，我這一年就不算白活了！

圓圓・諸事・如意──林煥彰詩畫集

定價350元

今年歲次「己亥」生肖「豬」，我就畫了很多豬畫，這本詩畫集就靠牠來美化版面；至於書名，乃延續前四本生肖詩畫集形式，成為系列，題為《圓圓・諸事・如意》；又因為現實人生活得已夠艱苦，我希望能讓讀者看得舒服，也向讀者祝福。

這本詩畫集，計分四卷：〈卷一：一想就到〉、〈卷二：杏花　三四月〉、〈卷三：百葉　心思〉、〈卷四：一首詩，要怎麼寫〉；每一卷的卷名，都以該卷的第一首題目為主，是為了方便的一致性，沒什麼用心；這是我的隨興。

犬犬・謙謙・有禮──林煥彰詩畫集

定價300元

林煥彰生肖詩畫集系列─狗年專輯。

以赤子童心，收藏「行走中」的人生點滴。

《犬犬・謙謙・有禮》，是我的第四本詩畫集，與生肖狗年有關，是接2017年1月出版《先雞・漫啼・大吉》詩畫集之後的作品，也是我2015年起，計畫每年出版插畫與生肖有關的書，因此書名就延續近三年來出版的三本詩畫集六個字的形式，取名為《犬犬・謙謙・有禮》，表明我作為一個愛詩愛畫，玩詩玩畫的一點心意。──林煥彰

先雞・漫啼・大吉──林煥彰詩畫集

定價300元

「從詩人跨界到畫家，提倡玩詩，也撕貼拼繪出畫展來；擅作短詩，近十年來也在華人圈中力推小詩，前些時卻又以散文詩的形式記寫了妻子的離世之情；詩與畫的結合也沒休止在八年前的《貓畫・話貓》詩畫展，繼前年開始將生肖畫與詩作結合的詩畫集《羊年・吉祥・祝福》、《千猴・沒大・沒小》之後，今年的《先雞・漫啼・大吉》也如期出版了……

這就是林煥彰，一個不曾停下手上的筆……」
──陳燕玲

千猴・沒大・沒小──林煥彰詩畫集

定價550元

「詩是生活」，不唱高調，亻談理論，隨興裎露，隨意揮灑，我們活著是為了讓詩活著。──蕭蕭

畫裡玩詩，詩裡玩畫，說遊戲，卻是玩得率真，想得天真，做得認真。──葉樹奎

詩人提倡遊戲概念，寫詩畫畫，都可以玩；寫詩，玩文字，玩心情，玩創意；畫畫，玩線條，玩色彩，也玩創意。本書繼《吉羊・真心・祝福》後的第二本詩畫集，收錄近百首小詩，為六行小詩（含以內）的一部分並搭配與猴年生肖有關《千猴圖》的一小部分作品。

吉羊・真心・祝福——林煥彰詩畫集

定價550元

今年歲次乙未，由羊值年，我想應該屬於吉祥的一年；於是我畫了很多羊，自己覺得很高興，可以拿來和大家分享，同時認為也可以為別人祈福，祝所有的人都能過得平平安安。因此，決定為自己出版這本有詩有畫的書。所以，收錄的畫全部是羊，希望大家都能感受到喜氣洋洋。

這系列獨特形式的詩，每一首題目都明確標示主題，並以相同的祝賀語「祝福」結束，我長久以來就有一種想法；總希望大家都能和我一樣，無論是否處於順境，都得設法自我調適，讓自己過得心安理得，給自己更多的祝福。感恩。

閱讀大詩51　PG3015

 玉龍・祥龍・瑞龍
　——林煥彰詩畫集

作　　者	林煥彰
責任編輯	陳彥妏
圖文排版	黃莉珊
封面設計	魏振庭

出版策劃	釀出版
製作發行	秀威資訊科技股份有限公司
	114 台北市內湖區瑞光路76巷65號1樓
	電話：+886-2-2796-3638　傳真：+886-2-2796-1377
	服務信箱：service@showwe.com.tw
	http://www.showwe.com.tw
郵政劃撥	19563868　戶名：秀威資訊科技股份有限公司
展售門市	國家書店【松江門市】
	104 台北市中山區松江路209號1樓
	電話：+886-2-2518-0207　傳真：+886-2-2518-0778
網路訂購	秀威網路書店：https://store.showwe.tw
	國家網路書店：https://www.govbooks.com.tw
法律顧問	毛國樑　律師
總 經 銷	聯合發行股份有限公司
	231新北市新店區寶橋路235巷6弄6號4F
	電話：+886-2-2917-8022　傳真：+886-2-2915-6275

出版日期	2024年1月　BOD一版
定　　價	390元

讀者回函卡

國家圖書館出版品預行編目

玉龍.祥龍.瑞龍：林煥彰詩畫集 / 林煥彰作. --
一版. -- 臺北市：釀出版, 2024.01
　　面；　公分. -- (閱讀大詩；51)
BOD版
ISBN 978-986-445-903-2(平裝)

863.51　　　　　　　　　　112021274